GW00536972

martine

Que d'aventures !

5 HISTOIRES

casterman

martine
au zoo

martine
et son ami le moineau

martine
et l'âne Cadichon

martine,
il court, il court, le furet !

martine
et le chaton vagabond

martine au zoo

GILBERT DELAHAYE - MARCEL MARLIER

Martine, Jean et Patapouf sont venus passer l’après-midi au zoo.

À la grille, les visiteurs font la queue. La cloche sonne.

C’est l’heure de l’ouverture.

Au zoo sont rassemblés toutes sortes d’animaux qui vivent sur terre, dans l’eau et dans les airs. Il y en a des quatre coins du monde : de l’Océanie, de l’Afrique, de l’Asie, de l’Amérique.

D’abord, voici la lionne et ses lionceaux. La lionne est la femelle du lion, le roi des animaux. Elle aime beaucoup s’amuser avec ses petits.

Un coup de patte par-ci :

– Celui-ci s’appelle Folly.

Un coup de patte par-là :

– Et celui-là, Gamin, parce qu’il fait des sottises.

Il faut toujours lui tirer les oreilles. Mais en grandissant, il deviendra raisonnable comme son père. N’est-ce pas qu’il est mignon ?

Bouffi, l'hippopotame, a des ennuis.

– Je vois ce que c'est, se dit Patapouf. Il a trop mangé.

Il est lourd ! lourd ! Il ne peut plus sortir de l'eau.

– Pensez donc, dit un moineau en se posant sur le bord du bassin.

Il dort trop ! Et pourtant, regardez comme il bâille.

– Il a peut-être mal aux dents, ajoute Patapouf.

Grincheux, l'ours polaire, est occupé à prendre son bain d'eau glacée :
– Comme il fait chaud !
Il s'approche en levant le museau pour ne pas renifler de travers :
– Vous ne trouvez pas ?… Bien sûr, l'eau n'est pas mauvaise, mais, quand même, là-bas, dans le pays où je suis né, la banquise, c'était chic… Et tranquille avec ça !

– Grincheux n’est jamais content, dit le dromadaire. Moi, je trouve que tout va bien. Je n’ai pas à me plaindre. Le soleil, c’est de la joie pour tout le monde. Ah ! mes petits, si vous saviez, le désert, les mirages, c’était bien joli ! Et pourtant, ici, on se plaît. On promène les enfants toute la journée. Je trouve cela très amusant !

Maman guenon a beaucoup de mal avec ses petits singes.

Pif est turbulent :

– Veux-tu t'asseoir ici ! dit la maman.

Paf est tellement gourmand !

– Ne mange donc pas tant de cacahuètes !

Pouf est encore plus drôle.

– As-tu fini de te balancer ? Ne vois-tu pas que tout le monde te regarde ?

– Pauvre girafe, se dit Patapouf, elle a grandi trop vite ! C’est pour cela qu’elle a un aussi long cou.

– Est-ce un géant ? demande une petite fille à sa maman. Comment fait-on pour lui dire quelque chose à l’oreille ?

Petitdoux, Saitout et Long Nez sont les noms des trois éléphants du zoo.

Ils sont toujours ensemble : le papa, la maman et le petit éléphant.

Petitdoux aime beaucoup les friandises. Saitout, sa maman, connaît beaucoup de choses. Papa Long Nez est le plus fort.

Sa peau est dure comme le cuir ; sa trompe, souple comme un serpent. Il s'est baigné dans les fleuves de l'Asie. Il a chassé le tigre. Il a voyagé. Il a traversé l'eau, le feu, la forêt. Il a renversé des arbres d'un coup d'épaule. Il a commandé le troupeau pendant plusieurs années. C'est un patriarche.

Quel est cet animal ?

– Il a une jolie robe. On dirait qu'il revient du carnaval. Est-ce un cheval ? demande Martine.

– Mais non. C'est un zèbre, répond Jean. Il ressemble à celui du dictionnaire.

– Il s'appelle Fury, dit le gardien.

Le zèbre est intelligent comme le chien, vif comme le vent, courageux comme le lion.

Aujourd'hui, on célèbre le mariage de Monsieur et Madame Pingouin. Les Manchots, leurs amis, ont revêtu leur costume de cérémonie.

Comme ils sont en avance, ils bavardent en attendant les invités.

– On dit que c'est un beau mariage.

– Vous croyez qu'il y aura beaucoup de monde ?

– Mais bien sûr, cher ami. Il y aura Madame Otarie, Monsieur Morse et les fils Phoques.

– Mon grand-père est né en Australie ; ma grand-mère aussi, et mon cousin de même, dit Madame Kangourou.

Elle remue fièrement ses grandes oreilles :

– Nous sommes de la famille des Marsupiaux. Un joli nom, n'est-ce pas ?

Elle s'assied sur sa queue :

– Voyez-vous, mes petits sont dans ma poche. C'est tellement pratique. Ainsi, ils n'iront pas se faire écraser chez les éléphants.

Dans l’aquarium habite Coquette, la tortue des mers du Sud.

Un poisson ne nage pas mieux qu’elle.

Elle en dirait des choses, la tortue, si elle pouvait parler ! Elle a vu, près du troisième cocotier de l’île aux Pirates, le trésor de Félix le Magnifique. Il y avait là dix sabres ornés de rubis, des colliers de perles fines, des pièces d’or et trois barils de poudre à canon.

Marquis, le marabout, n’est pas content.

– Ces grues à aigrette sont vraiment trop bavardes. Et coquettes avec ça ! Regardez-moi ces chapeaux à la mode !

Il hausse les épaules :

– Allez-vous-en !… Allez-vous-en !…

– Partons, ma chère, dit Duchesse, la grue.

– Vous avez raison ; Marquis est insupportable.

– Et malpoli !

– Adieu, monsieur !

– Qui, dit l’aigle, peut se vanter de regarder le soleil ? La chouette, ma cousine ? Elle voyage la nuit. Mon neveu, le grand duc ? Il est aussi poltron qu’un lièvre. Il habite dans une vieille tour remplie de toiles d’araignées… Moi, j’ai contemplé la neige éternelle. Je suis le roi de la montagne.

– Ces oiseaux sont vraiment curieux, dit Martine. Il est écrit *Échassiers* sur la pancarte.

– Ce sont des flamants roses.

– Comment font-ils pour tenir sur leurs jambes ?

– Est-ce qu'elles ont une rallonge ; ou bien les plie-t-on en deux ? pense Patapouf.

Voici un flamant rose qui ouvre ses ailes toutes grandes. Peut-être va-t-il s'envoler ?

– Je crois plutôt qu'on va lui prendre ses mesures, dit un petit singe pour rire.

Mais un après-midi au zoo est vite passé. Déjà le gardien agite sa cloche en criant dans les allées :

– On ferme… On ferme…

Martine, Jean et Patapouf ont appris beaucoup de choses aujourd'hui. Pourtant, il reste encore à voir les tigres, les loups, les bisons, les autruches, les serpents, les crocodiles, etc.

Eh bien, il faudra revenir une autre fois. Ce qui prouve qu'on n'a jamais fini de s'instruire.

martine
et son ami le moineau

GILBERT DELAHAYE - MARCEL MARLIER

Moustache le chat ne rêve que nids, plumes et moineaux.

Dès qu'on a le dos tourné, il grimpe aux arbres. Il se prend pour un acrobate.

– Tiens, un nid de moineaux !

Moustache saute… et manque son élan. Le nid tombe. On entend des pépiements affolés dans le jardin.

– Que se passe-t-il ?…

– C'est le chat. Il a renversé le nid.

– Tu seras puni, Moustache, dit Martine…

Dans le nid, on trouve un oiseau, un seul oiseau tout petit.

– Nous l’appellerons Pierrot.

– Il est drôle, ce canari ! s’exclame Patapouf.

– C’est un moineau, gros benêt !… un jeune.

– Il n’est pas beau. Il n’a presque pas de plumes et il tient à peine sur ses pattes.

– Quand il sera grand, il volera.

– Il tremble de faim et de froid, dit Martine. Il faut s’en occuper tout de suite.

Le garder à la maison ? Le nourrir ?

Oui… mais… comment ?

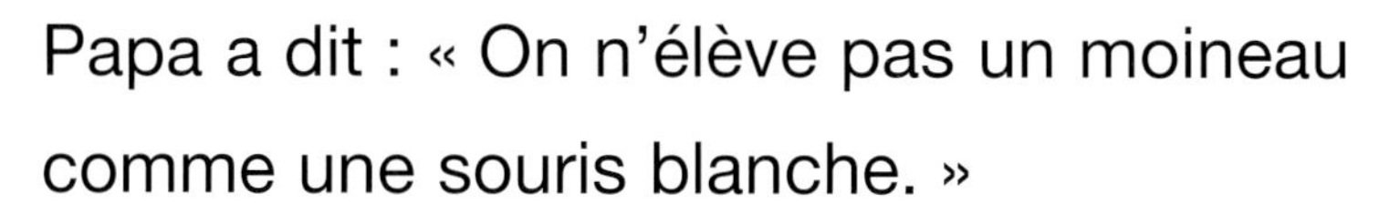

Papa a dit : « On n'élève pas un moineau comme une souris blanche. »

– Où va-t-on le mettre ?

Dans ce chapeau de jardinier.

Le jeune moineau orphelin crie famine.

Il ouvre tout grand le bec.

– Je vais lui donner à manger dans une soucoupe ?

– Penses-tu ! Les oiseaux déposent la nourriture dans le bec de leurs petits.

– Combien de fois par jour ?

– Les petits des oiseaux ont toujours faim.

– Qu'est-ce que ça mange, un moineau ? Du pain ? De la salade ?

– Surtout pas ! Celui-ci est trop jeune !… Il faut lui préparer du jaune d'œuf cuit et de la viande hachée.

– Comment ferons-nous pour donner la becquée ?

– Essayons avec une allumette.

– Et qu'allons-nous lui donner à boire ?

– De l'eau… quelques gouttes, ça suffit.

– On n'en sortira jamais ! dit Martine… Et quand les vacances seront finies, qui s'occupera de notre Pierrot ?

– Chacun son tour. On s'arrangera.

Rien ne bouge… On entendrait voler une mouche.

Le moineau rassasié dort dans son chapeau. Laissons-le tranquille !…

– Ne réveille pas mon oiseau ! fait Patapouf.

– Ce n'est pas ton oiseau ! dit le chat… C'est moi qui l'ai trouvé le premier.

– File de là ! Tu n'as rien à faire ici !

– C'est bon, c'est bon ! En voilà une histoire pour un moineau de rien du tout !

Les semaines passent. L'oiseau prend des forces.

– Gentil Pierrot, voleras-tu bientôt ?

Déjà il tient ferme sur ses pattes. Il sautille. Il fait des bonds de puce.

Quand on grandit, on veut tout connaître. On tire sur les cheveux. On donne des coups de bec.

Les ailes poussent. Les plumes vous démangent.

On s'amuse. On fait sa toilette.

– Un moineau, c'est rigolo ! ça bouge tout le temps, dit Patapouf.

Personne à la maison. Par la porte ouverte, Pierrot s'enfuit dans le jardin.

Il court, il court en battant des ailes.

Il arrive dans le poulailler, tout essoufflé :

– Je crois que je vais m'envoler !

– Mais non, mais non, répond la poule. Tu n'es qu'un oisillon prétentieux !

– Et toi, une grosse mémère aux yeux ronds !

– En voilà un effronté ! lance le coq en train de surveiller la volaille… Où habites-tu ?

– À la cuisine avec Martine.

– À la cuisine ?… Il est amusant, ce moineau !

Pierrot devient de plus en plus espiègle. Il agace le canari.

– Canari, à quoi penses-tu ?

– C'est mon affaire !

– Qu'est-ce que tu as mangé ? Tu es tout jaune !

– Et toi, tout gris. Tu ne sais pas siffler.

– Siffler ?… À quoi ça sert ?

– En tout cas, moi, je n'ai pas peur du chat !

– Vous avez fini de vous disputer ? crie Martine.

Pierrot n’arrête pas de grandir. Il fait des progrès.
Ses ailes s’allongent de jour en jour.
On ne le reconnaît plus tellement il a changé.
Les petits voisins sont venus l’admirer.
– Il a l’air malin ! Son œil brille.
– Tu n’as pas peur qu’il s’échappe, Martine ?
– Il va bientôt s’envoler… Tu ne pourras plus le garder dans la salle à manger.
– L’autre jour, dit Martine, il s’est enfui au poulailler.
Il est revenu tout seul. Il connaît le chemin.
– Quand il volera pour de vrai, ce sera bien autre chose !

– Si je tends la main, viendra-t-il se poser dedans ? demande Nicole.

– Pourquoi pas ? Pierrot n'est pas farouche.

On ne bouge plus. On attend qu'il se décide.

Mais Pierrot a disparu sans crier gare…

Il vole sous les chaises et dans le hall.

On le croit à la cuisine ? Il est dans la salle de bains. Non… sous la table de la salle à manger.

La nuit tombe. C'est l'heure d'aller dormir.

– Où donc est passé Pierrot ?

– Il n'est pas à la maison ! dit Jean.

Martine accourt. On fait des recherches dans le jardin.

On fouille le moindre recoin :

– Pierrot, Pierrot, es-tu là ?

– Peut-être Moustache…

Non, vraiment,

Moustache

ne sait rien.

Papa dit toujours : « Un moineau, c'est gentil mais ça vole partout… Et puis c'est imprudent, espiègle et fragile. Pierrot n'a pas d'expérience. »

Comment dormir quand il n'est pas là ?

– S'il pleut cette nuit, pense Martine, Pierrot sera mouillé… Dans le noir, il se perdra…

Elle attend. Elle s'inquiète.

– Il finira bien par revenir, dit Moustache. Mais peut-on se fier au chat ? Il a des allures de rôdeur. Ses yeux clignotent comme des lanternes. Il rase les tuiles.

Le lendemain matin à la cuisine.

Quel est ce bruit dans le buffet ?

Toc toc toc… Toc toc toc…

Martine ouvre la porte à deux battants…

Et devinez qui donne des coups de bec contre une casserole ?

Pierrot, bien sûr !

– Pierrot !… Nous t'avons cherché partout !…

Quelle chance ! On a retrouvé le moineau. Jean l'étourdi, l'avait enfermé dans le buffet par mégarde.

Et s'il s'était agi du réfrigérateur ?

Mes amis, Pierrot l'a échappé belle !...

Mais il est temps d'aller à l'école. Martine saute sur sa bicyclette.

Vite, en route !

Pierrot la suit. Il bat des ailes comme un fou :

– Regarde, je vole, je vole...

– Allons, laisse-moi ! Retourne à la maison !

À l'école, tout le monde s'est assis à sa place.

Il fait beau. On a laissé la fenêtre ouverte. Pourvu que Pierrot...

La leçon commence :

– Comment trouver la surface du rectangle ?

– Pour calculer la surface du rectangle, on multiplie la longueur par la largeur...

On entend des chuchotements. Quelqu'un se met à rire.

– Eh bien ? demande la maîtresse.

– Mademoiselle, il y a un oiseau dans la classe !

– Tchip-tchip !... Tchip ! fait Pierrot à tue-tête.

– Un oiseau ?... D'où vient-il ?...

– C'est celui de Martine.

– Il m'a suivie jusqu'ici, dit Martine.

Et il est entré par la fenêtre… Je n'ai pas pu l'en empêcher.

L'institutrice fait sortir l'oiseau et referme la fenêtre :

– Pas de moineau dans l'école !… Pierrot est grand maintenant. Un moineau, ça doit vivre dans la nature.

Tous les jeudis, en classe, on dessine.

Cette fois, l'institutrice a proposé :

– Faisons le portrait d'un oiseau…

Un oiseau ? C'est facile, quand on a l'habitude !…

Martine a déjà fini.

Elle rêve : « La maîtresse a raison. Garder chez soi un moineau qui sort du nid, c'est très bien. On peut le tenir au chaud, le soigner, l'apprivoiser. Mais maintenant, Pierrot ne tient plus en place.
Il vaudrait mieux qu'il apprenne à se débrouiller tout seul. Ce serait plus normal. »

Depuis ce jour-là, Pierrot ne taquine plus le canari. Il ne se cache plus sous la table de la salle à manger. Il se nourrit de graines. Il voltige dans le jardin, un brin de paille au bec. On le voit se baigner, se rouler dans la poussière. Souvent il vient picorer les miettes sur la table de la terrasse ou boire à la fontaine.

Il guette le chat Moustache qui le surveille.

Martine est fière de lui.

Pierrot est devenu un moineau pour de bon.

martine
et l'âne Cadichon

GILBERT DELAHAYE - MARCEL MARLIER

Connaissez-vous le père
Julien ? C'est le voisin
de Martine.
Il est toujours dans son verger
avec l'âne Cadichon.
– Bonjour, père Julien !
– Bonjour, les enfants !…
Voulez-vous des pommes ?
Papa dit toujours :
– Le père Julien est aussi têtu que son âne.
À force de grimper dans son arbre, il finira par lui
arriver un accident.
Un jour, le père Julien tombe de son échelle et se fracture
le tibia. Il faut lui plâtrer la jambe. Il ne peut plus marcher.

– Ça doit être rudement ennuyeux de rester toute la journée sans bouger !

– Oui, le temps paraît long, dit le père Julien.

– Vous allez vite guérir, n'est-ce pas ?

– J'espère... Mais en attendant, qui prendra soin de Cadichon ?

– Ne vous en faites pas pour votre âne, père Julien. Nous veillerons à ce qu'il ne manque de rien.

Dans le pré, l'âne tourne en rond :

– J'ai faim. J'ai froid… où est le père Julien ?

– Il a eu un accident. Il ne pourra plus s'occuper de toi avant plusieurs semaines.

L'âne s'inquiète. On le rassure :

– Ça va s'arranger, Cadichon. Nous allons t'emmener à la ferme. Là, tu seras comme chez toi.

– Je veux bien… Non. Je ne veux plus… Je reste à la maison…

Enfin Cadichon se décide. On le conduit chez le fermier. Martine explique ce qui vient d'arriver.

– On n'a pas besoin d'un âne à la ferme, répond le chat.

– C'est vrai, ajoute le fermier. Passe encore si c'était un mouton ou un canari. Mais un âne !... Martine insiste :

– Nous soignerons Cadichon. Vous n'aurez pas à vous en occuper.

– Dans ce cas, d'accord. Conduis-le à l'étable et donne-lui à manger... Mais c'est bien pour te faire plaisir !

Une fois Cadichon dans l'étable, Jean apporte de la paille et prépare la litière. Martine va chercher des choux, des carottes, un seau d'eau.

– Je n'ai pas faim !

– Allons, fais un effort, Cadichon !

– Je n'ai pas soif !... J'ai envie de dormir.

Martine perd patience, tape du pied. L'âne se met à braire :

– Hi-han !... Hi-han !...

– Chut ! chut ! fait Patapouf. Si tu continues, le fermier te mettra dehors.

Biquette la chèvre apparaît à la porte. Elle roule de gros yeux, agite sa barbichette :

– Alors, Cadichon. Quelque chose ne va pas ?

(Les chèvres savent comment il faut parler aux ânes. Elles ont l'habitude.)

Cadichon, qui a reconnu la voix de Biquette, retrouve son sang-froid et baisse la tête :

– Je veux rentrer à la maison !

– Pour quoi faire ? tu n'es pas bien ici ?

– Je veux voir le père Julien.

– Rentrer à la maison ? Tu n'y penses pas ! dit Martine.
C'est impossible… Et puis tu n'es pas raisonnable. Tout ce bruit, oh ! là ! là ! Elle conduit Cadichon sous le hangar :
– Ici, au moins, tu ne dérangeras personne.
Survient une guêpe. Elle cherche querelle à Cadichon… qui se fâche :
– Va-t'en au diable ! dit-il.
Il fouette l'air avec sa queue… rate la guêpe. Et vlan ! d'une ruade il envoie rouler à terre la bicyclette neuve du fermier… Quelle histoire !

Le fermier a tout entendu. Il accourt,
les bras au ciel :
– Je te l'avais bien dit, Martine,
que nous aurions des ennuis avec cet âne.
– Il ne l'a pas fait exprès.
– Les ânes, c'est comme ça. Moi, je les connais. Faut se méfier. Ils ne font que des bêtises.
– Mais, interrompt Martine, c'est à cause de la guêpe !
Le fermier continue :
– Je vais enfermer Cadichon dans
l'herbage avec les moutons.
Ça le calmera.

Dans l'herbage, Patapouf batifole avec le troupeau.

Il aperçoit Cadichon dans son coin :

– Tu en fais une tête !... tu es puni ?

– Moi, puni ! Qu'est-ce que tu crois !

(Il ne faut jamais vexer un âne, c'est bien connu.)

Cadichon, furieux, s'élance vers le chien. Patapouf aboie.

Les moutons s'énervent et s'enfuient de tous les côtés.

C'est la panique.

Martine se fâche :

– Si le fermier apprend que tu excites les moutons, tu seras mis au pain sec !… Et toi aussi, Patapouf !

Elle attache Cadichon au cerisier. Tout rentre dans l'ordre.

Un mouton s'approche de Cadichon :

– C'est malin !… tu nous as fait peur.

– …

– Tu ne réponds pas ?

– Laisse-le, dit Biquette. Tu vois bien qu'il boude.

Le lendemain, le soleil brille, haut sur la plaine. Il est dix heures.

Les moutons sont dans le pré depuis longtemps.

– Alors, Cadichon ? On ne se lève pas aujourd'hui ? demande Martine.

– Je suis malade. J'ai mal aux dents.

– Debout, Cadichon !… debout !

Cadichon fait la sourde oreille.

Si le père Julien voyait son âne !…

Il ne serait pas fier de lui.

Voici le facteur. Une lettre pour Martine ?… Cela vient du père Julien : “Ma chère Martine, je suis en convalescence chez mon neveu. Le médecin dit que les os se ressoudent comme il faut. J’espère que tu vas bien et que Cadichon ne te donne pas trop de soucis. Tu me raconteras tout ça quand je reviendrai”.
Signé : “Père Julien”.

On s'en serait douté, que le père Julien allait se tracasser au sujet de son âne.

Que dirait-il s'il apprenait toutes ses sottises ?

Rien que d'y penser, le cœur de Cadichon se met à fondre :

– Hi-han !... Hi-han !...

– Eh bien ! Quoi encore ? demande Martine.

– C'est plus fort que moi... je n'aurais pas dû te faire enrager... Tu ne diras rien au père Julien ?

Martine passe le bras autour du cou de Cadichon :

– Mais non, mais non. Je t'aime bien, tu sais.

Cadichon s'est calmé. Martine continue à lui parler doucement

à l'oreille :

– C'est fini. N'en parlons plus.

– Je ne me mettrai plus en colère.

Plus jamais.

– Tu ne feras plus la mauvaise tête ?

– C'est promis !

– Tu ne bouderas plus ?

– C'est juré !

– Bravo ! dit Martine. Moi aussi je te promets de ne plus me fâcher…

Nous allons avoir un gentil Cadichon… Mais regarde dans quel état tu t'es mis ! Que dirais-tu d'un brin de toilette ?

– Et si je t'apprenais à faire la révérence ?

– Bonjour… bonsoir la compagnie !

– Et à danser, pourquoi pas ? Tu vois, c'est facile.

Tu lèves la patte gauche et puis la droite, comme ça.

– Venez voir, un âne savant ! s'écrie Patapouf.

Le chat ricane :

– Un âne savant ! Laisse-moi rire !

Patapouf est content. Un camarade qui ne

fait pas la mauvaise tête, c'est tellement plus agréable !

Mieux vaut un âne charmant qu'un âne savant : Cadichon est devenu un vrai modèle de patience et de bonne volonté.

Il ne pousse plus que des « hi-han ! » joyeux.

À présent, Martine et lui sont d'excellents amis. Le fermier n'en revient pas. Il a son idée…

– Qu'est-ce que vous faites ? demande Martine.

– Ma bicyclette ne tient plus ensemble. Avec les roues, je vais fabriquer une charrette.

– Une charrette ? Pourquoi donc ?

– Pour aller promener avec Cadichon, pardi !...

On a passé un collier de fleurs au cou de Cadichon.

Et aussi une clochette qu'il agite à tout propos.

Martine a pris place dans la charrette.

Les copains suivent à vélo.

On s'en souviendra longtemps de cette promenade !

– Salut ! sifflent les hirondelles en traversant le ciel.

– Où vas-tu, Cadichon ? demande le mouton.

– Voir le père Julien.

Le père Julien marche avec une canne. Il est presque guéri.

Vous pensez s'il est heureux de revoir son âne !

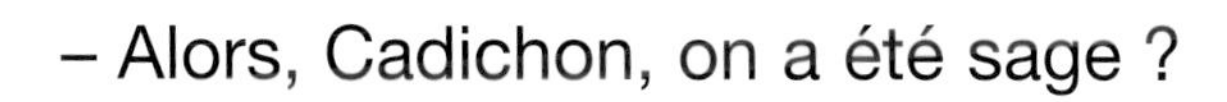

– Alors, Cadichon, on a été sage ?

– Oui. Je ne pleure plus, je ne boude plus, je ne fais plus la mauvaise tête…

– Et nous ne nous mettons jamais en colère, ajoute Martine.

Elle est fière de Cadichon. Le père Julien aussi. Et on s'embrasse gaiement. Un âne, c'est un âne. Ils sont tous pareils. Comme ils ont bon cœur et qu'ils sont têtus, ils tiennent leurs promesses. Non c'est non, oui c'est oui. Ainsi s'achève cette histoire.

martine,
il court, il court, le furet !

GILBERT DELAHAYE - MARCEL MARLIER

Les vacances sont finies. Cette année, Martine est allée à la montagne avec ses grands-parents. Maintenant, il faut rentrer. Grand-père préfère rouler la nuit pour éviter les embouteillages. Patapouf est resté à la maison. Il ne supporte plus les voyages… Ça le rend malade…

Comme la route est longue !
Bercée par le mouvement de la voiture,
Martine s'endort…

Quand elle se réveille,
la journée est déjà bien avancée.
– On est arrivés ?… Quelle heure est-il ?
J'ai dû dormir longtemps !
Grand-père a déjà déchargé les bagages…

Grand-mère s'affaire dans la cuisine.

– Bonjour, Mamy ! J'ai une faim de loup !
Je peux t'aider ?
– Bonne idée ! Va dans le jardin me cueillir une salade. Tu t'habilleras ensuite. Rapporte-moi aussi quelques fleurs pour décorer la table. C'est l'anniversaire de Papy aujourd'hui.

Martine adore le jardin de ses grands-parents. L'été, il regorge de légumes, de fruits et de fleurs. On y trouve aussi des plantes aromatiques que grand-mère utilise pour parfumer les plats. "C'est un vrai jardin de curé", dit-elle souvent en riant.

– Mamy… Mamy !
– Qu'y a-t-il donc ?
– Le jardin est dévasté !
Toutes les fleurs sont piétinées.

C’est grand-père qui va être en colère !
Tous les légumes sont grignotés.
Les choux, les salades ont l’air malades.
Quant aux carottes…
Mais qui a pu faire cela ? un maraudeur ?
un chat ? un chien ? les oiseaux ?
«À quoi sert d’avoir un épouvantail,
s’il ne fait peur à personne ?»
pense Martine.

– On n’aurait peut-être pas dû s’absenter
si longtemps, dit Mamy en posant
le couvert.

L'après-midi est chaude et calme.

Martine retrouve son petit coin de jungle tout au fond du jardin.

Elle se hisse dans son hamac et feuillette le livre qu'elle a emporté.

Autour d'elle, on n'entend pas une mouche voler. Seul un merle siffle parfois dans le cerisier.

Martine a les yeux qui se ferment.

Elle abandonne son livre.

Soudain, elle sursaute ! Il fait presque nuit. Que se passe-t-il ? Elle croit rêver. Quelque chose s'agite autour d'elle. On dirait une pelote de laine, avec des oreilles. Mais non, c'est un lapin… puis deux, puis trois ! Un bataillon de lapins !

– Papy, viens vite ! Il y a des lapins plein le verger !
– Des lapins ? Mais d'où viennent-ils ? Le temps d'allumer la lanterne, et tous ont disparu.

– Saperlipopette ! Ils ont rongé le pied des arbres que j'ai plantés cet hiver, et mes reines-claudes sont fichues ! Maudites bestioles !

Martine est inquiète :
– Dis, grand-père, tu ne vas pas les tuer ? Il faut les ramener au bois. Mais comment les attraper ?

Grand-père réfléchit :

– Nicolas, le fils du fermier,

a bien un élevage de furets, mais…

– Des furets ?

– Oui. Ils délogent les lapins de leurs terriers.

Va le voir. Il pourra peut-être nous aider.

– Bonjour, Nicolas ! Le jardin de grand-père est envahi par les lapins.

Il paraît que tu as des furets qui peuvent nous tirer d'embarras.

Peux-tu nous en prêter un ?

– Mais oui, bien sûr ! Je te présente Finaud. N'aie pas peur.

Celui-ci est le plus gentil, il ne mord pas. Mais fais quand même attention.

Il a les dents pointues comme des aiguilles.

– Qu’est-ce que tu lui donnes à manger ?
– Il adore les œufs. C’est pour ça que la poule s’en méfie. À part cela, on le nourrit comme un chat.
– Comme il est drôle ! s’écrie Martine. Tantôt on dirait une grosse souris,

tantôt un tout petit ours.

Attention !
Il se faufile partout.
Il aime jouer à cache-cache.
Je vous l’amènerai demain.

Le lendemain matin, Nicolas arrive avec son furet et des filets.
– Pourquoi tout cet attirail ? s'étonne Martine.
Nicolas lui explique alors comment les lapins creusent des galeries dans le sol, en laissant toujours une porte d'entrée et une porte de sortie. Il faut donc boucher tous les trous, sauf deux ou trois, où on pourra les capturer.

– Placez-vous à cet endroit avec les filets ! dit Nicolas.
On introduit Finaud dans la galerie.
Quel remue-ménage là-dedans !
Attention ! Ils sortent !
En voici un qui s'est fait prendre.
– Tiens bon, Martine !
Le lapin se débat. Gare aux coups de griffes !

Martine et grand-père savent
maintenant comment s'y prendre.
Mais une journée ne suffira pas.
– Je vous laisse Finaud,
dit Nicolas. Je viendrai le reprendre
quand vous aurez fini.

Deux jours plus tard, tout est
terminé. On enferme les derniers
lapins dans des cageots.

– Maintenant, nous allons les ramener dans le bois, dit Martine.
Ils y seront plus contents… et Papy aussi !

Martine et Finaud sont devenus d'excellents amis.
«Surtout, ne le laisse pas s'échapper !» avait recommandé Nicolas.
«D'accord. Je ferai attention.»

Tout en se promenant, Finaud découvre le trou par lequel tous les lapins sont entrés dans le jardin.
– Il faudra dire à grand-père de bien le reboucher !

Finaud entraîne Martine en direction du cellier.
Voyons... où conduit cet escalier ?

Autrefois, on entreposait le cidre dans ces grands tonneaux. Maintenant ils sont vides, mais ils sentent toujours bon le jus de pomme. Toc, toc, toc… Y a-t-il quelqu'un là-dedans ? Il fait noir comme dans un four.

Soudain, quatre… cinq… six petites choses grises bondissent hors du tonneau.
– Hiiiiiii… ! ! ! des souris !
Qui sait depuis quand elles habitent cette barrique ! Bravo, Finaud, tu les as débusquées !

– Qu’y a-t-il dans ce vieux poêle à bois ? (Martine retient son souffle.)
Que va-t-on encore trouver ?

Les secondes, les minutes s’écoulent.
Finaud ne réapparaît pas.
– Finaud ? Finaud ?
On n’entend rien. Martine s’inquiète :
– S’il est perdu,
Nicolas sera très mécontent.

Martine s’impatiente. Elle tambourine
sur la buse du poêle.
Poufff… ! voilà qu’elle a pris
toute la suie sur la figure !
– Finaud… mais que fais-tu ?

Il a dû grimper
par le conduit
de cheminée.

Finaud est ressorti par ici. Il a laissé des empreintes sur le sol. On peut le suivre à la trace. Il va mettre de la suie partout !

Coucou ! le revoilà !

Dehors, grand-mère termine la lessive.
Elle a l'air de bonne humeur.
– Eh bien, d'où sortez-vous
tous les deux ? Vous êtes noirs
comme des charbonniers !

Un peu d'eau
et du savon et...
au bain le furet !

Martine espère s'en tirer en se débarbouillant seulement les mains et le visage. Mais grand-mère ne l'entend pas de cette oreille.

– Regarde-moi ces jambes ! et ces bras ! et ce cou !
Comment as-tu fait pour te salir de la sorte ?
Dans le baquet, ma fille !
Tout de suite !

Drelin... Drelin...
Une bicyclette s'approche.
On entend grincer la grille du jardin.
C'est Nicolas qui vient rechercher Finaud...
– Vite, je me cache !

– Bonjour, Nicolas.

– Bonjour, madame. Avez-vous encore besoin de Finaud ?

– Non, non. Tu peux le reprendre. Il n'y a plus un seul lapin. Ni au jardin, ni dans le verger. Tu nous as rendu un grand service. Papy est très content !

– Bonjour, Finaud. Mais il est propre comme un sou neuf ! Martine n'est pas là ?

– Elle était ici il y a une minute, mon garçon. Elle ne doit pas être bien loin… Elle ira te remercier avec son grand-père.

Nicolas suit du regard
une guêpe qui bourdonne.
Elle va se poser juste
sur le nez de l'épouvantail.
– Génial, votre bonhomme
de paille ! dit-il. Il a vraiment
l'air naturel !

Au revoir, madame ! À bientôt.
– Viens, Martine, Nicolas est parti. On la prend cette douche ?
– Tu as vu comme il m'a dévisagée. Et cette guêpe
qui m'agaçait. Crois-tu que Nicolas m'ait reconnue ?
– Bien sûr que non !
Alors Mamy se met à rire ! Et Martine avec elle.

martine, et le chaton vagabond

GILBERT DELAHAYE - MARCEL MARLIER

À l’occasion de son anniversaire, Martine a reçu un journal.
C’est un cadeau de tante Lucie. Elle y écrit les événements de tous les jours.

Aujourd’hui dimanche 21
Nous sommes allés pique-niquer avec Jean au bord de la rivière.
Maman a préparé toutes sortes de bonnes choses. On s’est installés dans la barque de grand-père qui vient souvent pêcher ici.

Il a fait chaud.
On était bien au bord de l’eau, dans la verdure !

J'aime beaucoup cet endroit. Il y a des poules d'eau, des grenouilles, toutes sortes d'oiseaux et aussi, parfois, des chats perdus, abandonnés par leurs maîtres…

Nous avions le dos tourné quand tout à coup… Un chat sauvage a attrapé une cuisse de lapin. J'étais fâchée. J'ai voulu le chasser.

La barque a basculé. Jean est tombé à l'eau.

– Hou ! voleur. Va-t'en, vilain chat !

– Ce n’est pas un chat, a crié Jean qui sortait de l’eau… C’est une chatte… Elle attend des petits.
– Ah bon ! Tu crois ?…

Aussitôt, j’ai eu des remords :
« Reviens, reviens, Minouchette ! »

On a réussi à l’amadouer.
La chatte a mangé tout ce qu’elle voulait.
Mes amis, quel appétit !…

Une fois le repas terminé,
Minouchette a fait sa toilette.
– Laissons-la tranquille !

Comme on n'avait plus très faim et qu'il faisait très chaud, on s'est baignés dans la rivière.

Heureusement, on avait emporté nos maillots. L'eau était tiède et claire.
On s'amusait comme des fous.

À cet endroit se trouve un cabanon.
Grand-père y range ses outils.
C'est très pratique pour se rhabiller.

Mais là, une surprise nous attendait…

La chatte Minouchette s'y était réfugiée pour mettre bas et maintenant, voilà qu'il y avait cinq chatons dans le fauteuil de grand-père !

Quelle histoire !

On ne pouvait pas les enfermer dans le cabanon.
Pas question, non plus, de les abandonner sans abri.
Ils étaient si petits, si fragiles !...
– Si on les emmenait à la maison ? dit Jean.
– Penses-tu ! Maman ne voudra jamais !
– Il leur faudrait une niche.
– Cette caisse fera l'affaire.

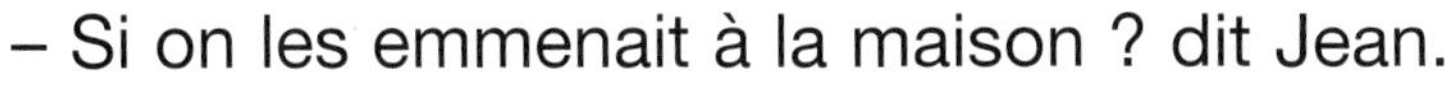

– Mettons-y une vieille
couverture et un coussin
pour que les chatons
n'aient pas froid.
– Là-dedans, ils seront
très bien.

Samedi 27
Cette nuit, il a fait un orage terrible. Je me suis réveillée en sursaut.

J'ai couru fermer la fenêtre. La pluie tambourinait sur les vitres. J'ai vu un arbre s'abattre dans le jardin du voisin…
Il y a eu une panne d'électricité.

Pauvre Patapouf. Comme il tremblait !
– Est-ce que c'est le déluge ?
– Mais non !... Mais non !...
J'avais beau rassurer Patapouf, j'étais très inquiète à cause des chatons. Je me disais : « Si la rivière déborde, ils vont se noyer ?... Si la tempête renverse la caisse, ils seront étouffés dessous, blessés peut-être ? »

Dimanche matin 28. La tempête se calme.
Je file à bicyclette jusqu'au cabanon...

Ouf ! Les chatons sont sauvés !
Non, pas tous. Il en manque trois. Que sont-ils devenus ?
Les reverra-t-on jamais ?

Quelques semaines plus tard…
Je n'ai pas revu les trois chatons perdus.
J'ai du chagrin.

Ces deux-là, par contre, grandissent à vue d'œil. Ils commencent à circuler autour de la caisse. L'un s'appelle Boule. L'autre, c'est Plume. Je les soigne bien. Boule est très gourmand :
– Allons, recule ! Il faut laisser manger ton frère !

Plume est un petit chat timide.
Il ne ferait pas de mal à une souris. Il ne pèse pas plus lourd qu'un moineau.
C'est celui-là que je préfère.
« Comme j'aimerais le caresser ! »

Samedi 24

Plume s’amuse avec un rien :
une marguerite, un chiffon de papier,
une plume, un brin de paille.

J’ai tout essayé pour l’apprivoiser.
Mais il se tient toujours sur ses
gardes.
« Faisons semblant de dormir.
Il se laissera peut-être
amadouer ?… »
Il s’approche. Il est tout près.
Je vais pouvoir l’attraper.

Quand j'ai voulu le prendre dans mes bras, Plume a bondi comme un ressort.

– Non, attention ! par là c'est la rivière !...

Plus on criait, plus il détalait.

Rien ne pouvait l'arrêter. Il courait, courait sans prendre garde au danger.

– Il va tomber à l'eau... Tu crois qu'il sait nager ?

– Rattrapons-le !

De l’autre côté de la rivière, Plume a grimpé le long d’un arbre.

Là-haut, pris de panique, il a voulu redescendre. Mais il n’osait plus bouger.

– Pauvre Plume ! s’il tombe, il va se casser les reins.

Je ne pouvais pas abandonner
ce petit chat étourdi à son infortune.

Vite, on est allés chercher l’échelle,
près du cabanon.
Elle était trop courte. En plus,
Jean avait le vertige.

Le chaton miaulait, miaulait…
Que faire ?

À mon tour, j'ai grimpé dans l'arbre.
– Je viens, Plume, je viens.

C'était haut !
Le vent agitait les branches.
Une guêpe bourdonnait.
J'avais peur.

Jean criait :
– Tiens bon !…
Tu es presque arrivée.

J'étais tout près de
Plume. Il ne pouvait plus
m'échapper. Je l'ai pris dans
mes mains. Son cœur battait, battait.

Je l'ai ramené à terre avec précaution.
Il était sain et sauf. Je l'ai rassuré avec des câlins.
Il s'est laissé cajoler.

Mercredi 5
Plume est devenu mon ami. On s'entend bien,
tous les deux. Chaque fois que je peux, je viens
lui tenir compagnie.

Aujourd'hui, rien ne va plus.
Minouchette s'est mise en colère.
Elle rejette Plume et Boule, car
elle attend à nouveau des petits.

Samedi 8

Que vont devenir Plume
et Boule ?
Il faudrait les ramener à
la maison.
Papa est d'accord, mais…

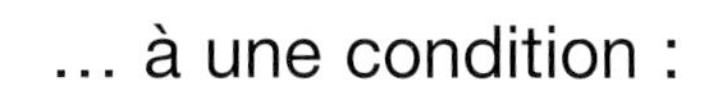

… à une condition :
– Ils nicheront dans la
remise !

On allait se mettre en route…
Zut ! zut ! et zut !

Ma bicyclette avait une fuite !
Alors je me suis installée sur le vélo de Jean.

Nous sommes arrivés au champ de maïs, là où j'avais quitté Plume
la dernière fois.
Plus de maïs ! On avait fauché le champ.
Où donc était passé Plume ?
– Là-bas ! le voilà !
– Mais tu vois bien que c'est un lièvre !
Le pêcheur, au bord de la rivière, n'avait pas aperçu les chats depuis jeudi.
Plume n'était pas au cabanon. Boule non plus.

Un tracteur passait sur
la route.
On a interrogé le fermier.

– Plume et Boule ? Bien sûr que je les ai vus. Ils couraient dans le maïs. J'ai failli les écraser avec mon tracteur. J'ai pensé qu'ils seraient plus en sécurité dans la grange. Venez donc les voir quand vous voulez.

Dimanche 9 : Nous sommes allés voir Plume et Boule chez le fermier. On était un peu tristes. On aurait préféré les avoir chez nous. Mais on était rassurés. À la ferme, ils ne manqueraient de rien… Et puis, à la maison, ils se seraient sûrement bagarrés avec Moustache.

http/www.casterman.com
D'après les personnages créés par Gilbert Delahaye et Marcel Marlier / Léaucourt Création.
Imprimé en Chine
Dépôt légal : Août 2009 ; D.2009/0053/429.

Déposé au ministère de la Justice, Paris
(Loi n° 49.956 du 16 juillet 1949 sur les publications destinées à la jeunesse).